FERRET 1974

I0639098

ROSES

ET DAHLIAS

2787

AUGUSTE ABADIE.

ROSES

ET

DAHLIAS

POÉSIES.

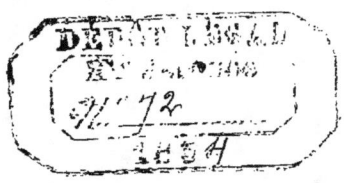

—

TOULOUSE,

IMPRIMERIE DE Vᵉ SENS ET PAUL SAVY,

RUE SAINT-ROME , 4.

—

MDCCCLIII

DÉDICACE.

——

Or ça, dame gentille,
Revêtez la mantille
A l'heure où vient le soir;
Gardez vos broderies
Vos châles, vos soieries
Et veuillez vous asseoir.

Dans vos mains toujours blanches,
Jeudis comme dimanches,
Ayez mon livre ouvert,
Et faites que l'on voie
S'il est d'or ou de soie
Par dessus recouvert.

Que vos jolis doigts roses
Ouvrent les feuilles closes
De l'album d'un amant;
A votre âme il confie
L'amour qu'en cette vie
On goûte en vous aimant.

C'est Auguste Abadie
Qui, ce jour, vous dédie
Et sa lyre et ses vers;
Acceptez-les, mesdames,
Et pour cela vos âmes
N'iront point aux enfers.

Poète aux doux caprices ,
J'écris avec délices .
Des sons pour vous charmer ;
Et dans ma dédicace ,
Je vous le dis en face ,
Mon cœur vit pour aimer.

A vous je m'abandonne
Et les vers que je donne
Sont votre bien aussi.
De votre voix aimante
Relisez en amante
Les refrains que voici.

Et faites à ma lyre ,
Joyeuse en son délire ,
Une douce amitié ;
Et du pompeux mérite
Dont un auteur hérite
Donnez—moi la moitié.

MARIE.

Je vous aime , ô Marie , ô mes jeunes amours !
Et souvent quand nos cœurs s'élancent dans l'espace ,
Se rencontrent tous deux , se trouvent face à face ,
Dieu leur dit : «Aimez-vous, mais aimez-vous toujours.»

Charmante jeune fille ,
Souriante et gentille ,
Mon cœur bat quand je vois
Seulement la mantille ,
Qui sur votre corps brille ,
Si j'entends votre voix.

Marie est ce nom pur dont le parfum m'effleure
Aux vapeurs du matin , aux rayons du soleil ;
Son éclat réjouit ma vie et ma demeure ;
Et lui seul me console et berce mon sommeil.

Ah ! vous êtes aimée,
Et ma lyre animée
Par un amour réel ,
Pour vous s'est enflammée ,
O douce bien-aimée ,
Jusqu'à chanter le ciel.

Votre front est candide , et , dans ma rêverie ,
Mon âme le contemple et l'admire longtemps ;
Et quand je vous écoute , ô ma jeune Marie ,
Je crois ouïr un ange : et c'est vous que j'entends.

Alors je vous convie
Au banquet de la vie
Pour vivre en vous aimant ;
Et mon âme ravie ,
A vous seule confie
Un amoureux serment.

De vos cheveux lissés j'admire la nuance ,
Ils sont longs et soyeux , leurs reflets sont brillants ;
Et vous avez encore une noble élégance ,
Un sourire de vierge et tout au plus seize ans.

Et cette retenue,
O colombe ingénue,
Qui se montre à nos yeux,
Ne vous est point venue
D'une sphère inconnue :
Elle vous vient des cieux.

Oui, vous étiez en haut, dans la céleste enceinte,
De gloire environnée, et votre âme animait
Le corps éblouissant d'un ange ou d'une sainte,
Lorsque Dieu vous apprit qu'ici l'on vous aimait.

Et c'est moi qui vous aime,
Et dans ma joie extrême
Mon cœur vous est ouvert :
Un trône,... un diadême...
Et la gloire elle-même
Je vous aurais offert.

Accueillez mon sourire, ô vierge de Toulouse,
Le matin en priant pour vous je fais des vœux ;
Et le soir à vos pieds, sur la molle pelouse,
Je voudrais en beaux vers exprimer mes aveux.

Quand mon âme est atteinte
D'une cruelle empreinte ,
Vous calmez ses douleurs ;
Et , dans mes jours de crainte ,
Sans votre image sainte ,
Ma joie aurait des pleurs.

Eclatants ou voilés vos regards ont des charmes ,
Des charmes souverains qui subjuguent mon cœur ;
Par moments je me sens ému jusques aux larmes ,
Douces larmes d'espoir , de joie ou de bonheur.

Et si ma peine augmente ,
Mon âme se lamente
En pleurant ses beaux jours ;
Mais votre voix aimante
Dissipe la tourmente
Et dit : Je viens , j'accours !

Au reflet de mes vers que votre âme se voie
Telle que Dieu l'a faite, avec tous ses attraits ;
Et donnez à vos yeux une larme de joie ,
Si j'ai , de mon pinceau , reproduit tous vos traits.

MADELEINE.

Madeleine la pécheresse ,
Avec passion je l'aimai !

ARSÈNE HOUSSAYE.

Sur l'antique fronton
Du Parthénon d'Athène
J'aurais gravé ton nom ,
Charmante Madeleine.

Mais ce nom souverain
Fertilise ma veine ,
Et dans chaque refrain
Je dirai : Madeleine.

Il est noble et chrétien,
Et l'on vit dans l'arène
Un nom, comme le tien,
Martyr, ô Madeleine !

Ce nom, par sa grandeur,
Embellit le domaine
Des voluptés du cœur
Que j'aime, ô Madeleine !

Il est limpide et frais
Comme l'air de la plaine ;
Et l'écho des forêts
Répondrait : Madeleine !

Si je veux exprimer
Un nom qui me ramène
Au cœur qui sait aimer,
C'est toujours Madeleine !

Mais j'admire surtout
Ta majesté de reine ;
Et cet amour qui boût
Dans tes yeux, Madeleine !

Semblable à tous les grains
Qu'au Rosaire on enchaîne,
Je redis en quatrains
Le nom de Madeleine.

C'est là tout mon bonheur,
Et toute la semaine,
Ma lyre en ton honneur
Chanterait Madeleine.

Je sens trembler ma main
T'écrivant joie... ou peine...
Et j'ai fait mon chemin
Trop vite, ô Madeleine !

« OH! POURQUOI M'AIMEZ-VOUS? »

Je pourrais vous le dire
Dans les sons de ma lyre ,
Dans l'infini de Dieu ;
Et dans ces paix immenses ,
Majestueux silences ,
Qui règnent au saint lieu.

Je pourrais vous le dire,
Dans l'air que je respire ,
Dans les nuages bleus
Qui roulent sur ma tête ,
Et dans chaque paillette
De l'Océan des cieux.

Je pourrais vous le dire
Dans votre frais sourire ,
Dans votre œil tendre... ou doux ;
Et dans cette parole ,
Amoureuse ou frivole :
« Oh ! pourquoi m'aimez-vous ? »

Avril 1853.

COQUETTERIE D'UN LIVRE.

———

Tu plais avec tes airs de joie
Beau livre incrusté de vermeil :
On dirait sur des flots de soie
Les rayons prismés du soleil !

Ecrin rêveur de courtisane ,
Livre aux capricieux reflets ;
Par quelle main , sainte ou profane ,
Seront parcourus tes feuillets ?

Veux-tu, subjuguant une reine
Dans ses plaisirs entre-mêlés,
Captiver de la souveraine
Les regards brillants ou voilés ?

Plus près d'elle, si tu reposes
Sur les rondeurs de son beau sein,
Rapporte-moi les teintes roses
Que voile aux yeux un clair satin.

Voluptueuses fantaisies,
Mon cœur pour vous a soupiré ;
Et dans mes folles poésies,
Un livre,.. un nom m'ont inspiré.

O somptuosités que j'aime !
Versez à longs traits dans mon cœur
Toute idée, humaine ou suprême,
Source de joie et de bonheur !

A vous les séduisantes choses
De l'amour et de la beauté ;
— A toi, mon livre aux feuilles closes,
Les soupirs de la volupté.

LA BASILIQUE.

―――――

Cent colonnes découpées
Par de bizarres ciseaux ,
Comme des faisceaux d'épées
Au long de la nef groupées
Portent les sveltes arceaux.

THÉOPHILE GAUTIER.

A te voir aussi belle entre les basiliques ,
Toi que ma lyre invoque aux jours mélancoliques
Dans un hymne d'amour ou dans un chant pieux ;
On dirait un navire en proie à l'épouvante ,
Bravant de l'Océan la vague mugissante ,
Et des flots courroucés le choc audacieux.

O modèle achevé d'une œuvre franche et pure ;
Chapiteaux ciselés en légère guipure ,
Vrai type arachnéen imitant avec art
La dentelure frêle et le point d'Angleterre ,
Comme un superbe voile étalant sur la pierre
Sa riche broderie et charmant le regard.

A l'heure où tes piliers disparaissent dans l'ombre ,
Et quand tes murs vieillis par les siècles sans nombre
Se reflètent à peine à l'horizon en feu ;
Tu réveilles en moi tout ce que mon cœur aime ,
Et ton clocher paraît sur la voûte suprême
Comme un géant flambeau sur la maison de Dieu.

Grand chef-d'œuvre roman d'un âge séculaire ,
Dont l'abside étendue en dôme circulaire
S'élevant dans l'espace achève ta splendeur ;
Et comme un monolithe harmonieux ensemble ,
Réunissant encore à ce que l'art rassemble
Ce qu'on a de plus pur dans l'âme et dans le cœur.

Souvenir d'un éclat que nul autre n'efface ,
Et qui laisse à notre âme une éternelle trace
De tous les noms chrétiens d'empereurs et de rois
Venus jusqu'à ce jour , à de longs intervalles ,
S'incliner, et prier à genoux sur tes dalles ,
Ainsi que CHARLEMAGNE et NAPOLÉON TROIS.

Les arceaux de ta nef, que la voûte domine
Se colorent des tons que le peintre illumine
Comme un foyer rougi par un tison vermeil ;
Et leur éclat reluit des flammes jaillissantes
Que lancent les vitraux aux couleurs éclatantes ,
Quand le ciel brille encor d'un rayon de soleil.

Aux mobiles vapeurs d'un arome mystique ,
Ah ! qu'il est doux le soir , sous ta coupole antique ,
De mêler sa prière aux sons de l'Angelus ;
Et transporté vers Dieu par les élans de l'âme ,
Oh ! qu'il est doux encor de ressentir la flamme
Qui fait revivre un cœur, alors qu'il ne bat plus,

T'aimer avec extase est le but que j'envie,
Et chanter pour ta gloire encourage ma vie !
Tout est faux ici-bas ; là-haut tout est réel :
Tu donnes le repos à l'âme qui soupire,
A la lèvre attristée un calme et doux sourire ;
Et la vie est en toi qui nous conduis au ciel.

Mais franchissant le seuil des vieilles dalles grises,
Et montant pas à pas où les célestes brises
Effleurent en passant le sommet du clocher ;
Et d'un divin amour soudain l'âme attendrie
S'élance dans son vol, vers une autre patrie,
Si haut... que la prière en peut seule approcher.

Et de cette demeure où l'Eternel habite,
Je rapporte à mon cœur l'idéale limite
Du ciel qui se déploie en un vaste étendard ;
Et je cherche des yeux au milieu des nuages
L'étoile qui guidait les pasteurs et les mages ,...
Ou les traces d'Elie emporté sur son char.

Tandis que vers le ciel mon cœur déjà s'élance,
Un bruit religieux, quand l'airain se balance,
Me ramène un instant au faîte de la tour;
Et lorsqu'à l'horizon la flamme est presque éteinte,
Le son vague et plaintif de la cloche qui tinte
Mêle sa voix mourante aux derniers feux du jour.

Et de la flèche aiguë, éclatante merveille,
Qui paraît abriter cette lampe qui veille
Auprès du sanctuaire à l'heure où tout s'endort;
J'écoute... et crois ouïr une voix de prophète..
Ou l'Hosannah béni que redit sur ma tête
La troupe séraphique en un suave accord.

Et par-delà l'espace, aux blancheurs de la nue,
Celui que le flot nomme et que le jour salue,
C'est Dieu! c'est Jéhovah! puissant et radieux,
Et de la basilique où notre hymne soupire,
Mon âme défaillante en souriant expire...
Et le rêve finit où commencent les cieux.

* Cette pièce de vers a obtenu une mention au concours des Jeux-
Floraux. — Mai 1853.

AMOUR ET BEAUTÉ.

———

Tout en vous respire la joie :
Vos cheveux ondulés et fins
Retombent en tresses de soie
Sur les contours de vos beaux seins.

Phidias, roi de l'art antique,
Groupant vos membres ronds et nus
Dans une attitude classique,
Sur vous eut modelé Vénus.

La peinture a sa poésie ;
Et Titien ou Raphaël,
Retrouvant en vous Aspasie,
Auraient peint un ange du ciel.

Et moi, jeune encore et poète,
Je veux, en ne rêvant que vous,
Mettre des fleurs sur votre tête,
Et mon amour à vos genoux.

JOSÉPHINE.

———

Mon cœur ému pour toi soupire ,
Charmante fille aux longs cheveux ,
Si j'aperçois ton frais sourire ,
Ou ton front pur et gracieux.

Le ciel reproduit ton image ;
Ton miroir c'est l'immensité ;
Et dans les blancheurs du nuage
On retrouve encor ta beauté.

3

Enfant, vois comme ton œil brille
Et me lance un regard de feu :
C'est ton amour, ô jeune fille,
Qui sourit à mon tendre aveu.

Que ta cambrure est souple et fine
Sans que les nœuds de ton lacet
Te pressent, ô ma Joséphine,
Dans les plis longs d'un blanc corset !

Ton nom que prononce ma lyre,
C'est mon hymne au refrain sacré :
Mon cœur l'exalte avec délire
Dans ce chant qui t'est consacré.

En moi ton souvenir repose
Comme un ensemble harmonieux,
Et je te vois dans chaque chose
Dont le charme attire mes yeux.

Ah ! bien des fois mon âme avide
En toi seule a trouvé l'espoir ;
L'espoir qui ranime un cœur vide ,
Un cœur qui s'enflamme à te voir.

Plus belle que les belles roses ,
Dont la nuance a pu charmer ,
Ta joue a des teintes plus roses ,
Qui me font vivre pour t'aimer.

Je t'ai vue , un jour , sous les branches
De l'arbre aux virginales fleurs ,
Effeuillant les corolles blanches
Qui t'embaumaient de leurs odeurs.

Ces fleurs deviennent ton symbole ,
Car l'oranger fleurit pour toi ;
Et son parfum qui me console ,
C'est ton souffle qui passe en moi.

VARIATIONS

SUR LA BEAUTÉ DE LA BELLE JAMBE.

Prenez votre stylet, artiste,
Et dérobez ces fins contours
Que voilent des flots de batiste
Sous les robes d'épais velours.

Laissez, et de Rome ou d'Athènes,
La courtisane d'autrefois;
Toulouse produit par centaines
Des vierges qu'aimeraient les rois.

Voyez-les , dame ou demoiselle ,
Soulever jupe ou mantelet ,
Et dérouler sous la dentelle
Leur belle jambe ou leur mollet.

C'est un trésor digne d'envie
Que ces contours bien arrondis :
Près d'eux on passerait sa vie
Plutôt qu'une heure en paradis.

De leur forme nette et moulée
L'œil a mesuré les rondeurs :
Une jambe ainsi modelée
A toujours ses adorateurs.

Au bal , qui d'entre vous n'admire
Celle qui déploie en dansant ,
Sous la robe de cachemire ,
Son blanc mollet resplendissant !

Et plus belle encore au théâtre ,
Danseuse au pied leste et coquet ,
Etalant un torse d'albâtre ,
Et groupant ses mains en bouquet !

Son corps bondit, son pied s'élance ,
Et sur elle penchant le cou ,
On croit, en la voyant qui danse ,
Que d'elle on sera bientôt fou.

Sous la guipure qui tournoie
Que de désirs se sont perdus ,
Dans ces plis de gaze ou de soie
Comme un nuage confondus !

Alors dans une chaste pose ,
Soudain voilant sa nudité ,
Sa jambe immobile repose
Dans un tourbillon de beauté.

LA

VIOLETTE DE PARME.

Oh ! fleur amoureuse et charmante ;
Fleur au parfum suave et frais ,
Que dans les bois je cueillerais
Pour mettre au sein de mon amante.

Fleur modeste que je chéris
Mieux que le lys ou la verveine ;
Tu m'embaumes par ton haleine ,
Tu me plais par ton coloris.

Ma muse avec toi devient sœur ,
Car elle-même t'a choisie
Pour mêler à ma poésie
Ta modestie et ta douceur.

Avec toi je rêve d'amour
Pour mon amante bien-aimée ;
Celle que mes vers ont nommée
Ange ou colombe tour à tour.

Elle aime la fleur azurée ,
A qui je donne le baiser
Qu'en amant je voudrais poser ,
Le soir , sur sa joue adorée.

Ce frais cadeau , sitôt fané ,
C'est toi , violette de Parme ,
Qu'elle met , pour s'en faire un charme ,
Sur son cœur pur qui m'est donné.

REFRAIN D'AMOUR.

O ma blanche colombe,
O mon ange pieux,
Près de toi je succombe,
Séduit par tes beaux yeux.

Oui, c'est ton cœur que j'aime,
Ton cœur sensible et doux,
Dont la bonté suprême
De toi me rend jaloux.

Ma tendresse ignorée
Me rend triste à mourir ;
J'ai l'âme déchirée
Et ne fais que souffrir.

Mais pour toi je veux vivre
Et cacher ma gaîté ;
En amant je veux suivre
En tout lieu ta beauté.

Tu brilles dans mon âme
Comme une étoile aux cieux,
Dans un orbe de flamme
Etale tous ses feux.

En toi seule est la vie
Que réclame mon cœur,
Et l'amour qui nous lie
N'est que joie et bonheur.

Adieu charmante fille,
A toi tous mes amours,
Je t'aime, ô ma gentille,
Et t'aimerai toujours.

VISITE.

———

Hier je reçus dans mon salon
Celle que j'aime à la folie :
La chasseresse du vallon,
Diane, la sœur d'Apollon,
De par le diable est moins jolie.

Elle est belle avec ses doux yeux,
Miroir vivant sur son visage,
Où l'on voit comme on voit aux cieux,
Des reflets violets ou bleus,
Qui reproduisent chaque image.

Sous sa robe à quinze volants
Que son bras fièrement relève ,
L'œil découvre , entre les plis blancs
Qui s'allongent au gré des vents ,
Les ronds contours qu'un peintre rêve.

Je l'aime avec sa blanche main ,
Moëlleux tissu que je presse ,
Avant qu'un rayon incertain
Ne vienne à l'aube du matin
Pâlir son front plein de tendresse.

Son nom bien cher à mes amours ,
Et plus grand que n'est la victoire ,
De ma vie enhardit le cours ;
Il protége et bénit mes jours
Et me donne un rayon de gloire.

BILLET DE LOTERIE.

Tu dormais, ma belle dame,
A l'heure où j'allais te voir :
Tes yeux n'avaient plus la flamme
Dont les inonde ton âme
Aux jours d'amour ou d'espoir.

Ta prunelle était mouillée,
Et ton cœur battait tout bas
Comme un vent dans la feuillée,
Lorsque tu fus éveillée,
Au frôlement de mes pas.

J'évoque dans ma mémoire
Un de mes plus heureux jours ;
Il doit embellir l'histoire
Où te réflète la gloire
De mes timides amours.

C'était le dix-neuf novembre
Mil huit cent cinquante-deux :
Un parfum de fleurs et d'ambre,
Se répandait dans la chambre,
En sortant de tes cheveux.

Ton sein aux blancheurs d'albâtre,
Semblait un dôme mouvant :
Je l'ai vu palpiter, battre,
Et s'élever et s'abattre
Comme un flot au gré du vent.

Et là ta main blanche et belle,
Déroba sous le satin,
Un billet, tendre et fidèle,
Goûtant, entre la dentelle,
D'un voluptueux festin.

Dans ma sainte rêverie
Ce billet c'est mon trésor ;
Il vaut, lui seul, je parie ,
Le prix de la loterie ,
Soixante mille francs d'or.

De l'or ?... fi ! je le méprise ,
C'est ton amour que je veux ,
Ton âme toujours soumise ,
Et ta voix qui me redise :
A toi mon cœur et mes vœux !

ROSES ET DAHLIAS.

O vous mes pauvres fleurs , à tous les vents livrées ,
Cachez vos doux parfums et vos fraîches couleurs.
Que vos corolles d'or tristement déchirées
    Un jour viennent sécher mes pleurs.

Quel est votre destin en ces temps d'infortune ?
O ne pénétrez pas sous le toit des méchants ;
N'allez jamais lutter dans l'arène commune
    Où l'on mépriserait mes chants.

Mon âme est un volcan , mon cœur est une lyre ;
Poète, dans mes nuits, par le ciel inspiré
J'abandonne à la foule, avide de les lire ,
    Les rêves d'un Eden sacré.

Heureux les chants d'amour , heureux les chants de
C'est là que le poète est amant et soldat ;   [guerre !
Son œil est un éclair, sa voix est un tonnerre ;
    Et l'un brille, et l'autre s'abat.

                          Mars 1854.

JUDITH ET HOLOPHERNE.

A quoi sert d'élever les murs audacieux
Qui de nos vanités font voir jusques aux cieux
Les folles entreprises?
Maints châteaux accablés dessous leur propre faix
Enterrent avec eux les noms et les devises
De ceux qui les ont faits.

RACAN.

Peuples, réveillez-vous! Voici des cris de guerre,
Des plaintes dans les voix, des troubles dans les cœurs :
Les trompettes d'airain répandent sur la terre
    Leurs sons belliqueux et vainqueurs.
Le champ de la bataille est un champ de carnage
        Où le sang à grands flots surnage
        Sur les cadavres mutilés ;
Et les murs des palais et les remparts des villes,
En ces horribles jours de discordes civiles
        Seront dans leur base ébranlés.

Et vous nobles guerriers, fils chéris de Bellone,
Rendez à tous vos dieux des honneurs immortels,
Et que Mars sur vos fronts dépose la couronne
        Et les lauriers de ses autels.
Déployez vos drapeaux comme un aigle ses ailes
            Sur les donjons et les tourelles
                Des vieux manoirs, des fiers châteaux ;
Et guidant vos coursiers aux flottantes crinières,
Arrachez aux vaincus leurs antiques bannières
            Et leurs dards liés en faisceaux.

Des rives de l'Euphrate allez vers l'Idumée :
Ces fertiles climats vous offriront leur port,
Et votre âme en ces lieux par la guerre enflammée
        Y doit goûter un meilleur sort.
Les enfants d'Israël, dont les hautes montagnes
            Couronnent de riches campagnes,
                Ont un abri dans leurs vallons ;
Mais en vain jusqu'aux cieux s'élèvent leurs prières,
Leur cœur doit être atteint des flèches meurtrières
            Plus promptes que les Aquilons.

II.

Ainsi parle Holopherne : et son arme s'apprête
A frapper , comme fit dans l'Egypte autrefois ,
L'ange exterminateur frappant la jeune tête
   Des fils d'esclaves et de rois.
Bientôt les camps rivaux l'un sur l'autre s'élancent,
  Les cris cessent et recommencent ,
   Le sang , comme un ruisseau vermeil
Jaillit sur les aciers des brillantes armures ,
Et l'ennemi vaincu , poussant de sourds murmures ,
   S'endort d'un éternel sommeil.

Séduit par la fortune , Holopherne s'élève
Au-dessus des guerriers qu'a produit l'univers ;
On voit de tous côtés l'empreinte de son glaive
   Que n'ont pas atteint les revers.
Mais , imprudent ! il croit aux éternelles gloires ,
   Imprudent ! il croit aux victoires
   Dont l'éclat doit être expié.
Jusques à quel degré s'élève donc sa rage ,
Quand il prend , pour monter au trône qu'il outrage,
   Des cadavres pour marche-pied.

III.

O Muse ! bannissons cet excès de folie :
Sur mon luth , faible encor, il faut graver un nom
Plus suave et plus frais aux murs de Béthulie
    Que ne fut celui de Memnon.
Les plaintes d'une vierge et les soupirs d'un ange ,
    L'onde qui frémit sur le Gange ,
    Dont le murmure se redit ,
Ont un accent moins doux, moins pur et moins sonore
Que ce nom triomphant , que l'on révère encore
    Et dont on vous nomme , ô Judith !

Ce nom vient dans mon cœur révéler la prière ;
Il est comme un parfum que répand une fleur ,
Ou comme un chant pieux , au fond du sanctuaire ,
    Empreint de joie ou de douleur.
Redites-le tout bas , comme une hymne à votre âme,
    Ce nom que ma lyre proclame ,
    Ce nom toujours béni par nous ,
Et vous croirez entendre encore les cantiques
Qu'exaltait pour Judith , dans les siècles antiques ,
    La voix des peuples à genoux.

IV.

Dans son camp assoupi, tranquille sous les tentes,
L'ennemi reposait sur un épais gazon.
Aux caprices des vents les bannières flottantes
    Agitaient leur royal blason.
Le ciel s'embellissait du foyer qui l'embrâse,
    Centre de rayons et d'extase,
    Lorsque Judith parut soudain.
Mon Dieu! qu'elle fut belle en cet instant sublime,
Le front paré de fleurs, s'offrant comme victime
    Aux regards d'un peuple inhumain.

Sa voix, comme le son d'une harpe divine,
Fit retentir ces mots : « J'appartiens aux Hébreux ;
» Ils veillent constamment du haut de la colline
    » Dont le parfum s'envole aux cieux.
» Je viens livrer ce peuple aux terreurs, aux alarmes,
    » A la vengeance de vos armes,
    » A la fureur de tous vos dards.
» Par vos glaives atteints bientôt ils vont descendre
» Du sommet de leurs tours, le front couvert de cendre,
    » Pour saluer vos étendards.

» Expirant à vos pieds , comme une flamme éteinte
» Après un incendie aux épaisses vapeurs ,
» Vous les écraserez dans leur funeste enceinte ;
  » Ils périront dans les douleurs.
» Mon cœur se donne à vous en ces jours de victoire ,
  » Mon sang se mêle à votre gloire
  » Et ma voix à vos chants guerriers. » —
« Oh ! jeune fille accours vers nous, dit Holopherne ,
» Au-devant de tes pas que chacun se prosterne ,
  » Et moi je t'offre mes lauriers.

» De feuillage et de fleurs que l'on t'élève un trône ;
» Tu suivras avec nous la gloire et les combats ;
» Déjà de tes attraits le charme m'environne
  » Et tu ranimes nos soldats.
» J'admire dans ton cœur cet amour qui t'entraîne
  » Et qui t'emporte dans l'arène !
  » Oh ! quel Dieu bénit ton destin ?
» Ta voix semble un écho de la voix ingénue ,
» Qui vibre et qui répond comme fait dans la nue
  » La cloche au soupir argentin.

» Pour toi, que l'on prépare avec pompe une fête
» Où l'on boive à longs traits sous des berceaux de
[fleurs ;
» Et dans les vins fumeux de Falerne et de Crète

 » Ensemble allons noyer les pleurs.

» L'amour aime le vin aux heures d'allégresse ;

 » Amis, buvons jusqu'à l'ivresse,

 » L'ivresse fait croire au bonheur !

» Judith brille à nos yeux de son éclat immense,

» Voici la nuit... C'est l'heure où la fête commence ;

 » A moi le triomphe et l'honneur. »

V.

» Oh ! qu'un festin est beau lorsque la nuit est som-
[bre !...
» Amis le vin nous trouble et déjà sur nos fronts

» Le myrte et le laurier se ternissent dans l'ombre,

 » Et comme eux nous nous flétrirons.

» Il est doux d'être ici sous les franges de soie.

 » L'ivresse augmente avec la joie

 » Et nous vidons nos coupes d'or.

» Eh ! quoi ! mon œil se ferme et ma tête est pesante...

» Amis, je n'y vois plus !... portez-moi sous ma tente

 » Je veux rêver longtemps encor. »

VI.

Dans le cœur de Judith c'est l'orage qui gronde ;
Il faut une victime à son peuple outragé ,
Et détruire un fléau c'est, en sauvant le monde,
    Dire à Dieu : Vous êtes vengé.
Et bientôt s'élançant vers la tente fermée
    Où dort, sur sa couche embaumée ,
    Le héros vainqueur tant de fois ;
Judith, d'un bras puissant, saisit le cimeterre ,
Et de deux coups frappa , frappa la tête altière
    Du tyran qui bravait les rois.

VII.

Ainsi de son orgueil lui-même est la victime :
Le colosse écrasé s'en retourne au néant ;
Et sous ses pas s'entr'ouvre un insondable abîme ,
    Abîme où tombe le géant.
Hélas ! que reste-t-il d'une vie insensée ?
    La gloire... — Elle est vite effacée ,
    Bientôt il faut lui dire adieu.
Qu'importent les honneurs à notre heure dernière ,
Lorsque le corps glacé descend dans la poussière
    Et que l'âme remonte à Dieu?...

ÉTERNELLES AMOURS.

———

Racontez-moi ce qu'on fait dans la vie.

Le comte Jules DE RESSÉGUIER.

Du poétique amour qui berçait ma jeunesse
Le souvenir me semble un songe ineffacé.
Il est doux de rêver à ses heures d'ivresse
     Et d'y retrouver le passé.
Je vous appelle encore, ô mes tendres années,
     Par le temps aussitôt fanées
     Que l'herbe sèche du côteau ;
Et vous, beaux soirs d'amour, où mon âme inconstante
Se plaisait aux doux mots de ma joyeuse amante
     Et dont mes vers furent l'écho.

O revenez encor, belle nuit étoilée ,

Où brillaient dans les cieux les astres flamboyants ;

Et toi, timide amante, à mes yeux dévoilée

  Descends dans mes bras suppliants.

Oui, je t'aime toujours comme on aime un bel ange ,

  Que tout petit au ciel on range ,

  Et dont le corps brille en tout sens.

Tu règnes dans mon cœur comme une soúveraine ,

Tu demeures en moi comme fait une reine

  Dans ses palais resplendissants.

Je ressens tes soupirs jusqu'au fond de mon âme ,

Ils m'effleurent sans cesse et le jour et la nuit ;

Et m'inondant d'amour, de rayons et de flamme

  Leur feu me consume sans bruit.

Mais tu dois être ainsi, ma jeune bien-aimée ,

  Oh ! oui , ton àme est enflammée

  Comme les laves d'un volcan ;

Cet amour qui t'embrâse est l'amour que j'envie ;

Dans ton sein il bouillonne, et ton âme ravie

  S'agite comme l'Océan.

Que de fois je bénis l'hymen qui nous rassemble !
Il est si doux d'aimer un cœur fait pour le sien ,
De vivre et de mourir ou de rester ensemble
   Et d'être deux pour être bien.
Il faut donc nous aimer, c'est Dieu qui nous l'ordonne.
   Ton cœur renferme la couronne
   Dont je veux embellir ton front ;
Et si notre jeunesse à son couchant décline
De notre amour passé relevons la ruine
   Pour tous les siècles qui viendront.

ÉLÉGIE.

***

Les larmes sont un don.

Victor Hugo.

Eh ! quoi, ma douce amie, un moment de tristesse
A ton cœur donnerait la douleur qui l'oppresse !
Ton sourire joyeux serait-il envolé
Vers un monde idéal qui l'aurait appelé ?
Tes yeux, miroir d'amour, se sont mouillés de larmes !
Ton âme est donc en proie à de vives alarmes ?
Quel trouble et quel chagrin veulent ternir ton front
Avant l'heure où nos cœurs vers Dieu s'envoleront ?

Tu veux pleurer ? Eh bien ! pleure, ô ma bien-aimée,
Les pleurs embelliront ta paupière fermée,
Et tes yeux, par la suite, en seront plus brillants ;
Leurs reflets seront doux, tendres et bienveillants.
La campagne est plus belle après un jour de pluie
Lorsqu'un brûlant soleil en une heure l'essuie.
Les chênes des forêts, si beaux dans leur splendeur
Après un soir d'orage augmentent de verdeur.

Et toi plus belle encore, essuyant ta paupière,
Tu seras à mes yeux comme un ange en prière.
Pleure, pleure toujours, les larmes te vont bien,
Aux heures d'amertume elles sont un soutien.
Mais pour les savourer avec joie ou délices
De ton âme attristée emplis tous les calices ;
Qu'elle soit un ruisseau pour te désaltérer
Aux jours où les beaux yeux en vain voudraient
                                 [pleurer.

SOUPIR.

———

Mon âme
S'enflamme.
Le jour
Je chante
L'amante
Contente
D'amour.

Pour elle
Si belle,
La nuit,
Ma lyre
Délire,
Soupire
Sans bruit.

A JEANNE-MARIE-JOSÉPHINE.

———

Je l'aime parce que je l'aime ;
Je l'aime partout et toujours ;
Si j'ai fêté d'autres amours
Pitié ! je mentais à moi-même..
En vain j'ai couru , combattu...
Car je l'aime tant cette femme !
De mon cœur les autres n'ont eu
Que la cendre... Elle avait la flamme !

       Emile DESCHAMPS.

Je ressens un amour dont le transport m'entraîne
Comme dans les combats un athlète vainqueur.
Un souvenir pieux me conduit dans l'arène
    Le calme au front , la joie au cœur.
Une voix ingénue, à l'heure où je sommeille
    Me séduit, me berce et m'éveille
    En me disant des mots d'amour ;
Mais je connais la voix dont mon âme est bercée ;
Je sais quel souvenir flotte dans ma pensée
    Durant la nuit, durant le jour.

Je vous l'ai dit, mon Dieu, combien je l'aime encore !
Vous me l'avez donnée , aussi je vous bénis ;
C'est elle qu'après vous à chaque instant j'adore
    Depuis que nos cœurs sont unis.
Dans mes hymnes d'amour c'est elle qui m'inspire ,
    Et pour elle ma voix soupire
    Comme un enfant dans un berceau.
Quand elle clôt , la nuit , sa paupière vermeille
Je contemple à genoux (l'amour me le conseille)
    Ses traits dignes d'un grand pinceau.

Si du ciel transparent les brillantes étoiles
Projettent leur lumière à mes yeux éblouis ;
Alors peintre et poète, en colorant mes toiles
    C'est elle que je reproduis.
Plus tard encore à l'heure où le monde repose ,
    Lorsque chaque maison est close
    Et que minuit frappe ses coups ;
Silencieux et seul , écoutant l'harmonie
Qu'évoque le poète et qui vient du génie ,
    Pour elle j'ai des chants plus doux.

De ses légers soupirs le souffle qui m'effleure
Ressemble au doux parfum des fleurs de l'Orient ;
Et de tous les mortels ma part est la meilleure
  Si je la contemple en priant.
Oh ! qu'elle est belle alors !... On dirait un jeune ange
  Sous la dentelle et sous la frange
  Des rideaux soyeux et mouvants.
Dans ces plis azurés la candeur l'environne,
La beauté la distingue et l'amour la couronne
  Comme aux cieux les anges fervents.

Sans un cœur qui vous aime, oh ! la vie est amère !
Hélas ! que je vous plains, amants abandonnés,
Dont les jours sont privés d'un amour éphémère
  Et pour lequel vous êtes nés.
Mais d'heureux jours viendront orner votre jeunesse
  Et de baisers et de tendresse
  Vous ferez une ample moisson,
Vos yeux seront charmés par les yeux d'une femme
Et vos cœurs embrâsés d'une amoureuse flamme
  Ne mourront pas dans leur prison.

Ah ! le Seigneur protége un enfant qui l'adore ,
De son trône il bénit le pauvre et l'orphelin ;
De l'amant il écoute une plainte sonore
    Qui vers lui s'exhale sans fin.
A mes chants éplorés lui seul voulut répondre .
    Et sa bonté vint me confondre ,
    Le jour où , tout enfant, j'aimais !...
Oui , j'aimais d'un amour qui ressemble au délire ,
Et depuis j'ai senti ma frémissante lyre
    Comme elle ne vibra jamais.

LE SOIR.

—

I.

Pleure !
L'heure
Fuit.
Quelle
Belle
Nuit
Perce,
Berce,
Luit.

II.

La lune
Peu brune
Paraît.
Sa flamme
Sans trame
Me plaît.
L'étoile
Se voile
Et naît.

III.

Sur la moire ,
Blanche ou noire ,
Du ciel bleu ,
L'or qui brille ,
Qui fourmille ,
Est un feu ,
Où l'œil sage
Voit l'ouvrage
De son Dieu.

RONDEAU.

De l'amour j'ai vidé la coupe enchanteresse ;
Sur mon luth j'ai redit de beaux noms adorés ;
Les baisers d'une amante ont bercé ma jeunesse
Comme un rêve, le soir, sous les cieux azurés.

O tendres souvenirs, constamment désirés ,
Revenez de mon cœur éloigner la tristesse.
Trop tôt, par vos attraits dans mon âme inspirés,
De l'amour j'ai vidé la coupe enchanteresse.

Doux anges envolés encor je vous caresse ;
Partout je poursuivrai vos regards éthérés ;
Et si d'autres amants ont nommé leur maîtresse ,
Sur mon luth j'ai redit de beaux noms adorés.

Enivré de plaisirs lentement savourés
Mon cœur s'est assoupi dans une douce ivresse ;
Mais je dirai toujours dans mes chants éplorés :
Les baisers d'une amante ont bercé ma jeunesse.

Hélas ! je n'ai donc plus, comme un berger de Grèce
Une amante avec moi sommeillant dans les prés ;
Le bonheur s'est enfui de mon âme en détresse
Comme un rêve, le soir , sous les cieux azurés.

Ainsi finit ce livre : Amis , je le confesse,
L'auteur est jeune encore et vous l'applaudirez ;
Pour vous il a chanté.... — Mais la douleur l'oppresse
Et son trouble lui vient des charmes acérés

De l'amour.

FIN.

TABLE.

———

www.ingramcontent.com/pod-product-compliance
Lightning Source LLC
Chambersburg PA
CBHW070823260626
47161CB00006B/2388